Coup de cochon

Les Éditions du Boréal remercient le Conseil des Arts du Canada
ainsi que le ministère du Patrimoine canadien et la SODEC
pour leur soutien financier.

Les Éditions du Boréal bénéficient également du Programme
de crédit d'impôt pour l'édition de livres du gouvernement
du Québec.

© Les Éditions du Boréal 2005
Dépôt légal : 1er trimestre 2005
Bibliothèque nationale du Québec

Diffusion au Canada : Dimedia
Distribution et diffusion en Europe : Les Éditions du Seuil

Données de catalogage avant publication (Canada)
Davidts, Jean-Pierre

   Coup de cochon

   (Boréal Maboul)

   (Les Mésaventures du roi Léon ; 11)

   Pour enfants de 6 et plus.

   ISBN 2-7646-0362-2

   I. Villeneuve, Anne. II. Titre. III. Collection. IV. Collection : Davidts, Jean-Pierre. Mésaventures du roi Léon ; 11.

PS8557.A818C68   2005   jC843'.54   C2005-940127-3
PS9557.A818C68   2005

Les Mésaventures du roi Léon 11

Coup
de cochon

texte de Jean-Pierre Davidts
illustrations d'Anne Villeneuve

Boréal Maboul

1

La loi, c'est la loi

— Regardez ce que j'ai trouvé collé sur ma porte. Qu'est-ce que ça veut dire ?

Le roi Léon déposa une affiche devant Maître Sconarive. Le Grand Chambellan pencha sa tête de toucan pour mieux voir. La feuille montrait le visage souriant d'un cochon. En dessous, il était écrit : « Bientôt les élections. Pour un roi neuf qui apportera du nouveau, votez Bhon. »

— De prime abord, Majesté, je dirais que quelqu'un aimerait s'asseoir à votre place sur le trône.

— Maimaimais on ne peut pas. C'est interdit.

— Si vous êtes roi, Sire, c'est avant tout parce que ce travail est très ennuyeux. Personne ne voulait s'en charger à part vous. Puisque quelqu'un d'autre s'y intéresse à présent, des élections sont de mise.

— Vous êtes sûr ?

— C'est la loi.

— Cette loi est idiote. Changez-la.

— Il faudrait réunir tous les animaux.
C'est trop compliqué. Quand les pingouins

n'emmènent pas les ouistitis en pique-nique
au pôle Sud, ce sont les girafes qui partent
en balade avec les marsouins en Polynésie.

— Eh bien, si on ne peut pas la changer, qu'on la supprime. Passez-la-moi, je vais la déchirer.

Maître Sconarive se leva et poussa gentiment le roi dehors.

— Le roi doit observer la loi comme tout le monde. Et puis vous vous inquiétez pour rien. Je suis sûr que vous serez réélu. Maintenant, laissez-moi, j'ai du travail.

Le roi Léon se retrouva dans le corridor. Malgré les paroles rassurantes du Grand Chambellan, il était inquiet. Et si Bhon remportait la victoire ? Le roi Léon devrait chercher un autre travail. Or, il ne savait rien faire, sauf régner. Il se demanda qui était ce Bhon, au juste ? Le Grand Cuisinier en saurait peut-être davantage. Il était toujours au courant de tout. Le roi décida de le vérifier immédiatement.

Aux cuisines, Maître Alé posa une montagne de biscottes à côté du bol de chocolat chaud du roi Léon.

— J'ai entendu parler de ce Bhon, dit le gorille. Il paraît qu'il arrive tout droit de *Porc Académie*. Vouloir vous détrôner ! Quel toupet ! Jamais personne ne votera pour lui. Et s'il y en a un qui le fait, Majesté, je vous jure qu'il mangera du navet le restant de ses jours, foi de Maître Alé.

— G*ne* pouvez-vous m'en dire plu*che* à *ch*on *chu*jet ? demanda le roi, la gueule pleine.

—Tout ce que je sais, c'est qu'il est allé voir Maître Samiltan il y a quelques jours.

— Le Grand Politi*ch*ien ?

— Précisément. Ils se sont parlé assez longtemps. Lui vous renseignera.

— *Gn*'y vais tout de *ch*uite, déclara le roi en avalant une dernière bouchée.

Le Grand Politicien était un animal très timide. Si timide qu'on le voyait rarement. Sans doute était-ce pour cela qu'il déména-

geait constamment. On ne savait jamais dans quelle partie du palais le trouver. Après bien des recherches, le roi Léon le découvrit dans l'aile nord. Sur la porte de son bureau, un écriteau disait : « Maître Samiltan. Ouvert en tout temps de 10 h à 10 h 15 sauf du mardi au dimanche. »

Le roi cogna à la porte.

— Je ne suis pas là, fit une petite voix de l'intérieur.

— C'est le roi Léon. Je dois vous parler.

La porte s'ouvrit aussitôt. Maître Samiltan s'inclina bien bas devant le roi.

— Pardonnez-moi, Majesté. Si j'avais su que vous veniez, j'aurais déroulé le tapis rouge. Entrez, entrez. Que puis-je pour vous ? Demandez-moi n'importe quoi. Je promets de faire mon possible pour essayer de voir comment je pourrais trouver un moyen pour vous satisfaire.

Le cheval souriait de toutes ses dents.

— Il paraît que ce porc qui s'affiche un peu partout vous a consulté. De quoi avez-vous parlé ?

— Ah! euh… eh bien, de choses et d'autres.

— Mais encore?

— Attendez que je réfléchisse. Il me semble qu'il voulait… mais je ne peux en jurer. Ma mémoire flanche. Je crois qu'il

voulait savoir… Hum ! Non, ce n'est pas cela. Ah oui ! Il voulait apprendre comment… comment… voyons… comment il devait procéder pour euh…

— Pour devenir roi à ma place ? coupa sèchement le roi Léon.

— Ce n'est pas moi qui l'ai dit, mais oui, je crois que vous avez raison. Encore que je pourrais me tromper. Rien n'est sûr.

— Et vous le lui avez expliqué ?

— Je vous assure que je n'ai pas euh… enfin que j'ai euh… ou alors peut-être un peu des deux, mais je n'y suis pour rien. C'est héréditaire. Dans ma famille, on est incapable de se taire de père en fils.

Furieux, le roi Léon sortit en claquant la porte.

2

Tête de cochon

Les affiches se multipliaient. Impossible d'aller quelque part sans voir le sourire de Bhon décorer les murs.

— Pourquoi ne le rencontrez-vous pas ? suggéra Maître Sconarive.

Le roi Léon n'en avait nulle envie, mais cette histoire l'énervait. Il trouva donc le local de son concurrent. Une secrétaire l'accueillit.

— Vous avez rendez-vous ? demanda la truie.

— Rendez-vous ! Mais je suis le roi !

— Monsieur Bhon est un animal très occupé.

Le roi vit rouge[1]. Il passa tout droit malgré les protestations de la secrétaire. « Monsieur » Bhon avait les pattes posées sur son bureau. Il était « très occupé » à grignoter une carotte. Quand il reconnut le roi, il vint néanmoins à sa rencontre.

— Mon cher roi, comment allez-vous ? C'est gentil de me rendre visite.

Le roi refusa la patte qu'on lui tendait.

— Je ne vous rends pas visite et je vous ordonne d'arrêter tout de suite de poser ces affiches. Pour qui vous prenez-vous ?

—————
1. *Voir rouge,* c'est se mettre en colère.

Bhon se contenta de sourire. Il désigna un siège.

— Asseyez-vous. Une carotte ?

— Jamais entre deux collations.

— Pourquoi devrais-je arrêter, selon vous ?

— Les animaux n'ont pas besoin d'un nouveau roi. Celui qu'ils ont déjà fonctionne très bien.

— Bah ! un peu de changement n'a jamais fait de tort à personne. Je trouve qu'il y a trop de serviteurs au palais. Un Grand Balayeur par-ci, une Grande Nettoyeuse par-là. Il faudrait faire le ménage là-dedans. Ainsi, il y aurait moins de bouches à nourrir et on économiserait des sous. Tout ça manque d'efficacité. Si vous voulez mon avis, vous n'avez pas assez d'autorité. Mais comptez sur moi, je vais arranger ça.

— Vous n'avez pas le droit !

— Si, si. Je me suis renseigné. Je n'ai qu'à convaincre assez d'animaux que je ferais un meilleur roi. Dites-moi, le trône m'a l'air bien inconfortable, Pensez-vous qu'avec un coussin… ?

— Si vous ne retirez pas votre candidature sur-le-champ, je… je… je ne me présenterai pas contre vous, ainsi vous ne pourrez pas me battre.

— Vous m'amusez. Tenez, quand je serai roi, je vous engagerai comme bouffon. À moins que vous ne préfériez comme ballerine ? Je vous imagine très bien en tutu. Cela vous irait mieux que la cape.

— Je ne me laisserai pas faire !

Le roi Léon repartit en furie. Quelle tête de cochon, ce porc ! Il voulait la gucrre, eh bien, il l'aurait.

3

Telle est la question

— Il faut organiser un sondage, déclara Maître Dufoy.

Le roi n'avait jamais entendu ce mot.

— Qu'est-ce que c'est ?

— Nous allons demander aux habitants du palais ce qu'ils pensent de vous.

Le roi Léon était venu chercher conseil auprès du Grand Stratège[1], le rhinocéros Dufoy.

---

1. Un *stratège* est une personne qui invente des plans (des stratégies) pour arriver à un but précis.

— Est-ce bien utile ?

— Oui, car ensuite nous saurons mieux quoi faire pour gagner. Une question suffira. L'important est de bien la formuler. Quelque chose comme : « Diriez-vous que le roi Léon est un excellent roi, un très bon roi, un bon roi, un mauvais roi ou un très mauvais roi ? »

— Euh… j'aimerais mieux : « Diriez-vous que le roi Léon est un très excellent roi, un excellent roi, un très bon roi, un pas mal bon roi ou un bon roi ? »

— Laissez-moi m'en occuper, Sire. Revenez dans quelques jours, nous aviserons.

Le lendemain, on vit des tas d'animaux

se promener avec une feuille de papier et un crayon. Chaque fois que le roi Léon passait à proximité, ils s'empressaient de cacher leur feuille. On murmurait aussi beaucoup. Le roi détestait ces cachotteries. Trois jours plus tard, il retourna chez Maître Dufoy.

— Ah ! vous tombez bien, Majesté, déclara le Grand Stratège. J'analysais justement les résultats du sondage.

— A… alors ? bégaya le roi.

— En général, on semble satisfait de votre règne. Les animaux apprécient votre gentillesse et votre bonne humeur. Ils aiment bien aussi les fêtes que vous organisez. Toutefois, il y a des mécontents.

— Comment cela ?

— Voyons. Les dames vous trouvent un

peu démodé. Elles préféreraient que le pro-
chain roi s'habille en bleu ou en rose.

— Je file chez le Grand Tailleur.

— Attendez. Certains pensent que vous devriez montrer l'exemple en faisant plus d'exercice. D'autres croient que vous passez trop de temps aux cuisines et pas assez dans la salle d'audience. Quelques-uns se plaignent que vous les dérangiez trop et les empêchiez de travailler. Enfin, il y en a qui vous trouvent ridicule.

— Ridicule ! Moi ? Qui a dit ça ?

— Les réponses sont anonymes[2], Sire.

— Qu'on fasse venir ce Nonymc tout de

---

2. *Anonyme* signifie qu'on ne connaît pas le nom de ceux qui ont répondu.

suite, je vais lui dire un mot à ma façon. Maître Dufoy, quelles sont mes chances d'être réélu ?

— Assez bonnes, je dirais, Majesté, maintenant que nous savons ce qu'on vous reproche. Il ne nous reste qu'à y remédier.

4

Traître !

Les jours suivants, les animaux constatèrent que le roi Léon avait bien changé. Il portait une cape à fleurs bleues et roses. Il passait son temps à tenir audience même quand il n'y avait personne. La cravate nouée à son cou lui donnait un air très sérieux. Enfin, il n'arrêtait pas de courir, ce qui était fort embêtant quand on voulait lui parler.

Bhon, lui, poursuivait sa campagne. Il rencontrait les animaux, leur parlait, serrait des pattes, collait des affiches à n'en plus finir.

Au bout d'une semaine, le roi n'y tint plus. Une folle envie de tarte aux pommes et à la guimauve lui fit quitter la salle d'audience pour les cuisines. Maître Alé y mitonnait[1] justement un de ces petits plats dont il avait le secret.

— Bonjour, cria joyeusement le roi.

Le gorille sursauta.

— Ah ! euh… Majesté. Quelle surprise ! Euh… attendez, j'enfile mon tablier. Voilà euh… ainsi, je suis plus présentable.

Le roi Léon jugea ce comportement étrange. Aussi étrange que les gros traits noirs qui dépassaient du haut du tablier, sur la blouse du Grand Cuisinier.

---

1. *Mitonner* veut dire préparer tout doucement.

— Qu'y a-t-il d'écrit là ? interrogea-t-il.

— Rien, je vous assire, Sure euh… je vous assure, Sire. Je me suis taché, c'est tout. J'ai renversé un bol de euh… de confiture aux bleuets, voilà !

— Pourtant, on dirait des lettres. Faites-moi voir.

— Mais…

— C'est un ordre.

Contraint d'obéir, le Grand Cuisinier retira son tablier. Sur le vêtement, le roi lut : « Votez bien, votez Bhon » en grosses lettres noires.

— Vous ! Mon meilleur ami ! s'cxclama le roi.

Maître Alé se mit à pleurnicher.

— Vous ne venez plus jamais me voir.

Monsieur Bhon, lui, me rend visite tous les jours. Alors, quand il m'a promis une recette de ragoût de son invention, j'ai accepté de voter pour lui.

— Puisque c'est comme ça, je me trouverai un autre Grand Cuisinier.

5

Décolle

Le Grand Stratège avait la mine basse[1].

— Nous perdons du terrain. Au dernier sondage, Bhon remporterait les élections si elles avaient lieu demain.

— Que vais-je devenir ? gémit le roi Léon. Que vais-je faire avec toutes mes couronnes ?

Maître Dufoy s'empressa de le réconforter.

— Courage, Sire. Rien n'est perdu. Je

---

1. *Avoir la mine basse,* c'est être triste ou déçu.

vais échafauder une nouvelle stratégie pour convaincre la minorité invisible.

— Les fantômes ?

— Les rats et les souris dans les murs. Revenez plus tard.

Le roi partit. Les parois du corridor étaient couvertes d'affiches. Certaines disaient : « Léon, un roi d'expérience » ou « Pour un lion souverain », mais celles de Bhon étaient plus nombreuses. Comme il

n'y avait personne alentour, le roi commença à les arracher. Il en avait décollé plusieurs quand il entendit du bruit derrière lui.

— Hum ! Puis-je savoir ce que vous faites, Majesté ?

C'était le Grand Gendarme, le porc-épic Ékolégram. Le roi bafouilla :

— Euh… des garnements ont enlevé les affiches de monsieur Bhon, J'allais les lui rapporter.

— Des garnements, hein ? Pourriez-vous les décrire ?

— Ils se sont enfuis. Je n'ai pas eu le temps de bien voir.

— Sûrement les mêmes qui ont écrit « sale cochon » sur les affiches près de votre chambre. Ceux qui ont dessiné une moustache et de grosses lunettes sur le portrait de monsieur Bhon. Heureusement, quelqu'un a aperçu les chenapans. Un d'entre eux, du moins. Apparemment déguisé, car il portait une cape et une couronne.

— Oh !

— Ces affiches me paraissent bien encombrantes, Sire. Donnez-les-moi, je les remettrai à leur propriétaire. Vous ne voudriez pas qu'elles s'abîment en chemin, n'est-ce pas ?

— Non, non. Tenez.

Le porc-épic prit les affiches et s'éloigna. Le roi Léon s'essuya le front. Ouf ! il l'avait échappé belle. S'il devait gagner les élections, il le ferait loyalement.

Peut-être Maître Dufoy avait-il eu une idée entre-temps. Il décida de retourner le voir.

Effectivement, quand il entra dans le bureau du Grand Stratège, celui-ci l'accueillit joyeusement.

— J'ai trouvé, Sire. Nous allons organiser un grand débat. Le « Débat des bêtes ».

6

Au programme, ce soir…

Le roi Léon ne tenait plus en place. La salle était pleine à craquer. Tous les animaux du palais s'y étaient donné rendez-vous. Ils voulaient entendre ce que son adversaire et lui avaient à dire.

Bhon arriva le premier, en tenue de soi-rée et nœud papillon, coiffé d'un chapeau haut-de-forme.

Des porcelets se mirent aussitôt à distri-buer des bonbons et des macarons. D'autres criaient « Jean-Bhon-Jean-Bhon » en brandissant des pancartes. Bhon parada sur l'estrade en levant les pattes bien haut pour qu'on l'acclame.

Le roi Léon n'avait pas pensé à se faire beau. Il avait juste enfilé sa cape de tous les jours et mis une couronne ordinaire. Il alla s'asseoir sans bruit à sa place.

Puis la Grande Animatrice, l'hyène Apukomsa, prit la parole.

— Chers admirateurs, ce soir et pour une seule et unique représentation, j'ai l'honneur de vous présenter nos deux candidats. À ma droite, un inconnu qui a su se faire connaître, j'ai nommé le cochon Jean Bhon. (Tonnerre d'applaudissements.) Et, à ma gauche, quelqu'un qui n'a pas besoin d'introduction, notre roi actuel mais peut-

être plus pour longtemps, Léon. (Concert de huées.) Commençons par le premier. Mon cher Bhon, pourquoi devenir roi ?

— Eh bien, je crois que le moment est venu de changer. Quand on garde le même dirigeant trop longtemps, on finit par s'encroûter. On ne progresse plus.

La Grande Animatrice se tourna vers le roi.

— Qu'en pensez-vous, Majesté ?

— Je ne suis pas d'accord, je…

— Votre temps est écoulé. Revenons à notre charmant Bhon. Quand vous serez élu, que ferez-vous ?

— D'abord, j'ajouterai des jours à l'année. Trois cent soixante-cinq, ce n'est pas assez. J'en mettrai au moins le double. De cette façon, nous pourrons organiser plus de fêtes et il restera du temps pour travailler.

— Excellente initiative. Le présent roi n'y aurait jamais songé. Ensuite ?

— Je décréterai une pause-pâtisserie d'une heure tous les jours. Payée par le royaume, évidemment.

— Mais c'est…, voulut intervenir le roi.

— Plus tard, Majesté, coupa Dame Apukomsa. Poursuivez, mon cher Bhon.

— Chacun recevra une cape et portera la couronne un jour dans l'année.

— Je proteste, intervint le roi Léon.

— Attendez votre tour, Sire, interrompit encore la Grande Animatrice. Mais cela demandera des sous. Où les trouverez-vous ?

— Très simple, reprit Bhon. Nous remplacerons les pièces de monnaie par des cailloux. Il y en a beaucoup plus.

— Ce ne sera pas un peu lourd dans les poches ?

— Eh bien, les animaux dépenseront moins. Cela fera ça de gagné.

— Fantastique ! Soyez sûr que je voterai pour vous. Ceux qui m'aiment en feront autant. Passons maintenant la parole au roi Léon. Que répondez-vous à cela, Majesté ? Vous avez dix secondes.

— Euh... je ne promets rien, sauf d'être un bon roi et de faire de mon mieux, déclara-t-il très vite.

— Ce n'est pas énorme, mais nous vous souhaitons bonne chance quand même.

7

Rien d'important

Le grand jour était enfin arrivé. Depuis le matin, les animaux défilaient, mettaient une croix dans une petite case et déposaient leur bulletin de vote dans une boîte. Certains s'étonnèrent de voir tant de cochons. D'habitude, ils n'étaient pas si nombreux au palais, mais personne ne protesta.

Tout se termina peu avant l'heure du souper. Puis on commença à dépouiller le scrutin[1].

_____

1. À compter le nombre de votes.

Le roi Léon tournait en rond en atten-
dant les résultats. Périodiquement, il voyait
pointer le bout de la corne de Maître Dufoy
qui venait lui donner des nouvelles.

— Vous êtes en avance, Sire.

Et plus tard :

— Bhon vous devance.

Puis :

— Vous perdez toujours.

Et encore :

— Vous remontez.

La dernière fois, le rhinocéros avait l'air
découragé.

— Il faut recompter, dit-il. Vous êtes à
égalité.

On consacra la nuit entière au recomp-
tage. Le roi Léon ne put dormir tellement il

était nerveux. Voyant Maître Dufoy revenir au matin, il se précipita.

— Alors ?

— Le nombre de votes n'a pas changé : dix mille pour Bhon et autant pour vous. Alors nous avons regardé la liste électorale et nous avons fait une découverte incroyable.

— Laquelle ?

— Tout le monde a voté sauf vous, Majesté.

— Je ne pensais pas que cela ferait une différence.

— Détrompez-vous.

Le Grand Stratège lui tendit un carré de papier et un crayon.

Le roi Léon faillit sauter de joie. Il suffirait qu'il vote pour lui-même et il serait réélu. Mais, au moment de tracer sa croix, il hésita. Et si Bhon avait raison ? Peut-être ferait-il un meilleur roi après tout. Il débordait d'énergie et d'idées. Il savait s'organiser. Oui, mais il lançait aussi des promesses en l'air. Il était hautain et ne disait pas toujours la vérité. « Avec moi, songea le roi Léon, les animaux sont heureux même si chacun n'en fait parfois qu'à sa tête. » Finalement, il se dit : « Pourquoi changer si tout va bien ? » Et il vota pour lui-même.

8

Tout s'arrange

— Bouh ouh ouh. Bouh ouh ouh, pleurait Bhon. J'ai toujours rêvé de devenir quelqu'un d'important et j'ai raté ma chance. Bouh ouh ouh.

Le roi Léon se sentait mal à l'aise. La détresse des autres le touchait beaucoup. Et puis, si son adversaire était si malheureux, c'était un peu de sa faute. Il s'efforça de le consoler.

— Allons, allons. Ce n'est pas si grave. Je suis sûr que vous me battrez la prochaine fois.

— Il n'y aura pas de prochaine fois. Je préfère renoncer. C'est trop dur. Je ne pourrai supporter une autre défaite. Bouh ouh ouh.

— Il y a peut-être une solution.

— Ah oui ? Snif snif.

— Toutes ces heures dans la salle d'audience, ce n'est pas animal. On n'a même plus le temps de manger. Il me faudrait de l'aide. Quelqu'un d'efficace et qui a de l'autorité.

— Vraiment ?

— Que diriez-vous si je vous nommais Grand Président ? Vous vous occuperiez des audiences à ma place. Je vous donnerais même ma cravate.

— Mais que ferez-vous pendant tout ce temps ?

— Je tiendrai compagnie à mes sujets. À Maître Alé surtout. Il déprime facilement, le pauvre, et, entre nous, un chef qui déprime, ça ne fait pas bien la cuisine !

Est-ce vrai ?

OUI, il est important de voter. Dans certains pays, les gens n'ont pas ce droit. Les dirigeants l'interdisent. Il s'ensuit toutes sortes d'injustices. Des innocents sont mis en prison et les puissants s'enrichissent aux dépens des pauvres. Chaque vote compte, car il sert à choisir les personnes responsables qui gouverneront le pays.

NON, on n'élit pas un roi. On est roi de père en fils. Un pays ne peut non plus avoir de roi et de président en même temps. Mais le roi peut être accompagné d'un premier ministre, qui dirigera le pays, comme en Angleterre, en Belgique et, bien sûr, au Canada.

OUI, les oiseaux bougent souvent la tête pour mieux voir. Il y a une excellente raison à cela : chez la plupart, l'œil est fixe dans son orbite. C'est pourquoi le cou des oiseaux est très mobile. Ainsi, chez les rapaces (aigles, hiboux, éperviers), il peut presque faire un tour complet sur lui-même.

NON, les cailloux ne peuvent remplacer l'argent. Autrefois, cependant, certaines peuplades utilisaient divers objets pour commercer (des coquillages, des plumes, des ceintures). Savais-tu que 23 pays ont le dollar comme devise nationale en plus du Canada et des États-Unis? D'autres monnaies portent un nom plus étrange comme le sucre (Équateur), la gourde (Haïti), la pataca (Macao) et le colón (Costa Rica).